Début d'une série de documents
en couleur

COUVERTURES SUPERIEURE ET INFERIEURE D'IMPRIMEUR

Fin d'une série de documents
en couleur

DÉFAUTS DE L'ENFANCE

7e SÉRIE IN-12

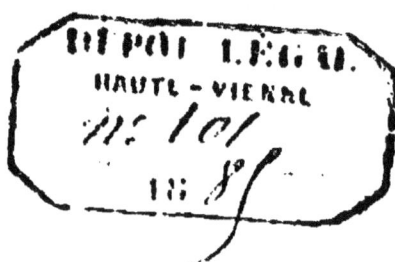

LA GOURMANDISE.

DÉFAUTS
DE L'ENFANCE

PAR

Mme Marie-Félicie TESTAS

Ouvrage couronné par la Société de l'Encouragement
au bien, approuvé par la Commission des
Bibliothèques scolaires.

LIMOGES

EUGENE ARDANT et Cie, ÉDITEURS

LA GOURMANDISE

La gourmandise est un défaut qui fait trouver à l'enfant gourmand un plaisir extrême à prendre cette nourriture journalière qui doit seulement soutenir et fortifier son corps.

Le bon Dieu ne nous a pas interdit d'aimer ce qui est bon, seulement il ne faut pas que cet amour du bon nuise à notre santé ou à notre prochain.

Il y a dans l'appétit une limite où l'enfant doit savoir s'arrêter : c'est lorsque son estomac est plein.

Le friand choisit sa nourriture, et il préfère ce qui lui est agréable à ce qui est sain.

Toute friandise étant inutile, on peut s'en passer.

Françoise et les confitures d'abricots.

Une fruitière de la rue Guillaume, qui avait son mari très-malade de la poitrine, voulant le soigner sans être dérangée par d'autres devoirs, envoya à la campagne, chez sa sœur, sa petite Françoise, belle enfant de sept ans.

Le pauvre homme mourut. Sa femme, aussitôt après ce malheur, alla chercher sa petite fille. Comme elle ne l'avait pas vue depuis plus d'une année, elle la trouva grandie, fraîche, robuste ; on lui aurait donné dix ans.

Les caresses de Françoise calmèrent un peu la douleur de sa mère. Elle revint à Paris, accompagnée de sa fille, pour reprendre son travail journalier.

Levée dès quatre heures du matin, la mère Jean allait à la halle acheter des légumes et des fruits pour la vente de la journée. Elle mettait ensuite ses emplettes dans une voiture à bras qu'elle traînait jusqu'à sa boutique, où elle arrivait vers sept heures.

Pendant l'absence de la mère Jean, Françoise rôdait dans la maison pour y chercher quelques friandises, car elle était gourmande sans que sa mère le sut. Elle avait pris ce vilain défaut chez sa tante, où on l'avait fort peu surveillée. Ajoutons qu'elle mentait avec audace pour cacher ses larcins.

Un jour, une des pratiques de la mère Jean la pria de lui acheter des abricots et de lui en faire de la confiture, lui promettant, bien entendu, un bon prix pour son temps et sa peine.

La fruitière mit tout son talent et ses soins à faire cette confiture, dont elle remplit six pots qu'elle plaça sur le comptoir de sa boutique pour les faire refroidir.

Quand la nuit vint, elle sortit pour acheter du papier et de l'eau-de-vie, afin de couvrir les pots avant de les porter à la dame qui lui avait donné commission de préparer cette friandise. En quittant sa boutique, elle recommanda bien à Françoise de ne pas y toucher, parce que cette confiture ne lui appartenait pas.

A peine la mère Jean était-elle sortie, que Françoise s'empressa de regarder les pots et d'y tremper le bout de ses doigts pour la goûter.

Qu'elles étaient bonnes ces confitures ! et comme il devait être agréable d'en manger sans qu'on pût s'en apercevoir ? Les gourmands ont à leur service toutes sortes de ruses. Voici donc celle que la petite friande employa.

Elle alla chercher une cuiller, monta sur une chaise et prit un peu de confitures dans chaque pot. Elle les secoua à mesure pour aplanir les trous qu'elle avait faits, et comme elle n'était encore ni froide ni prise, le vide ne paraissait pas. Enchantée de sa tromperie, elle en mangea tant qu'elle put, ensuite elle lava la cuiller pour la remettre à sa place. Ravie de s'être ainsi régalée, elle vint s'installer au comptoir.

Il faisait tout à fait nuit lorsque la mère Jean rentra.

« Tu n'as pas touché aux pots de confitures, n'est-ce pas, ma petite Francoise?

— Je ne m'en suis même pas approchée, répondit-elle avec audace et sans remords. »

La maman, contente de cette réponse passa dans son arrière-boutique, alluma la lampe et revint la poser sur le comptoir. Elle allait la bonne femme embrasser sa Françoise pour la récompenser de sa discrétion, quand elle la vit toute barbouillée jusqu'au nez des fameuses confitures.

Ah! on ne pense pas à tout quand on fait le mal! Notre gourmande avait bien lavé sa cuiller, mais elle avait oublié d'en faire autant pour sa figure.

« Gourmande, voleuse et menteuse, s'écria la pauvre mère en conduisant sa fille devant un miroir; ose dire que tu ne t'es pas approchée des pots de confitures! Va te coucher tout de suite, je ne veux pas t'embrasser, vilaine gourmande. Je sais maintenant pourquoi mon sucre s'en allait si vite. »

Françoise, toute honteuse, alla se mettre au lit, mais elle ne put dormir. Elle regardait sa mère aller et venir dans sa chambre, préparant tout pour son coucher. Quand la mère

Jean eut fini son ménage, elle se mit à genoux pour faire sa prière, qui, ce soir-là, fut plus longue que d'habitude.

« Mon Dieu, disait-elle en pleurant croyant Françoise endormie, vous m'avez repris mon mari, mon compagnon et mon soutien ; hélas ! que je suis malheureuse ! Ce n'est pas ma fille qui me consolera de cette perte ! Gourmande, voleuse et menteuse ! Mon Dieu, donnez-moi courage et patience ! »

La pauvre femme, en disant cela, avait la figure couverte de larmes. Françoise, qui la voyait, pleurait aussi. Elle passa une partie de la nuit sans dormir. Ce ne fut qu'aux approches du jour que le sommeil la prit.

Quand elle s'éveilla, sa mère était partie pour la halle.

La petite fille se leva, s'habilla et se mit à genoux à la même place où sa mère avait fait sa prière la veille.

« Petit Jésus, dit-elle, aidez-moi à devenir sage ; faites que je sois la joie de ma mère, et que, par ma sagesse, je la console dans son malheur.

Sa prière finie, courageuse et résolue, elle se mit à balayer la chambre, arrangea le fourneau pour allumer du feu, afin de faire le déjeuner ; elle prépara aussi le couvert.

La mère Jean, en revenant de la halle, fut etonnée de voir sa chambre rangée, son fourneau tout prêt. Elle l'alluma aussitôt et mit dessus le lait pour le déjeuner.

Françoise, qui lui trouva la figure encore sévère, n'osa lui dire toutes les bonnes résolutions qu'elle avait prises. Mais à son école elle fut si sage, si attentive, que la maîtresse, toute surprise, la crut malade. Elle avait mérité un bon point; il lui fut donné.

Pendant la récréation, Françoise

pria une monitrice générale de lui apprendre à compter ; elle avait un bon projet en tête.

Après quelques semaines d'un travail assidu, Françoise savait compter jusqu'à cent, par deux, par trois, par cinq, et se trouvait en état de rendre de la monnaie sur une pièce d'argent. Un soir elle se dit en se couchant :

« A demain. »

Or, la petite fille se leva de grand matin, s'habilla, balaya la chambre, ainsi qu'elle le faisait depuis plus d'un mois, puis elle passa dans la boutique dont elle ouvrit les volets, ayant regardé comment s'y prenait sa mère quand elle revenait, tous les matins, du marché.

La boutique ouverte, Françoise étala sur la devanture des choux, des carottes, des navets, ayant soin de les mettre du côté le plus favorable, comme elle l'avait vu faire à sa mère.

Tous ses légumes bien arrangés à la montre, elle vint s'asseoir gravement au comptoir.

Une dame entra bientôt après.

« Bonjour, Madame, lui dit Françoise de son air le plus aimable, que voulez-vous de ma boutique ?

— Je voulais un chou, dit la dame, je croyais ta mère rentrée de la halle, en voyant les volets ouverts ; je reviendrai quand elle sera là.

— Mais je saurai bien vous vendre un chou, moi ; tenez, en voilà un bien frais, bien pommé ; ma mère a vendu le pareil cinq sous. »

La dame, tout en riant de sa petite mine drôle, prit le chou et lui dit :

« Eh bien ! voilà cinq sous, ma gentille marchande. »

Françoise s'empressa de les serrer dans le comptoir.

A la porte de la boutique de la mère Jean, la dame qui venait d'acheter le

chou trouva une de ses amies à qui
elle conta que la petite Françoise vendait en l'absence de sa mère, d'une
façon tout à fait avenante.

La voisine, curieuse de voir ça, entra dans la boutique et demanda un
paquet de carottes qu'elle paya trois
sous.

Françoise les mit avec les cinq déjà
reçus, et s'assit au comptoir avec ma-
jesté en attendant d'autres pratiques.

La mère Jean, en revenant de la
halle, s'étonna bien de voir de loin sa
boutique ouverte. Tout en traînant sa
voiture, elle cherchait à deviner ce que
cela signifiait.

Parvenue à la porte, elle entra vivement et vit sa Françoise assise gravement au comptoir.

« J'ai vendu pour huit sous, maman,
un chou et une botte de carottes, voilà
l'argent.

» Je sais bien compter, maintenant,

et je vendrai tous les matins en votre absence. »

La mère Jean serra sa Françoise dans ses bras en pleurant, mais cette fois c'étaient des larmes de joie.

La petite fille raconta à sa mère que le soir où elle avait mangé les confitures, la voyant pleurer en faisant sa prière, elle avait pris la résolution de se corriger.

Elle aida à décharger la voiture, et la mère Jean trouva son déjeuner tout prêt.

Le lendemain Françoise ouvrit la boutique dès sept heures pour continuer à vendre en l'absence de sa mère. Parée d'un beau tablier blanc, aux attaches duquel pendait un trousseau de clefs, notre jeune fruitière avait tout l'air d'une grande marchande.

Dans le quartier, on venait acheter à Françoise pour s'égayer de sa mine drôlette et de son petit air important.

Je vous assure qu'elle ne se trompait jamais dans ses comptes et que les ventes allaient bien, grâce à cette curiosité.

La mère voyait son commerce s'augmenter et sa fatigue diminuer.

Un matin elle acheta un panier de magnifiques pêches. En les tirant de sa voiture, il en tomba une qui roula sous son comptoir sans qu'elle s'en aperçût. Comme elle ne les avait pas comptées, Françoise aurait pu la manger sans que cela se découvrit. Mais elle pensa à la promesse faite de n'être plus gourmande, et elle porta le beau fruit à sa mère.

« Te voilà tout à fait corrigée, ma Françoise, dit la bonne femme, et je suis une heureuse mère. »

Aujourd'hui Françoise, qui est une belle et grande fille, a succédé à sa mère; sa boutique est bien achalandée, la jeune fille a dans son quartier

une bonne réputation bien méritée et
bien établie de sagesse, de courage et
de bonne conduite.

———

L'AVARICE.

L'AVARICE

———

L'avarice est un défaut qui fait aimer, sans mesure, l'argent et tout ce que l'on possède.

Un avare ne désire posséder que pour garder ou augmenter son bien.

L'argent doit servir à nos besoins, mais le bon Dieu nous ordonne d'aider notre prochain avec ce qui est superflu.

L'avare a le cœur dur ; il voit souffrir sans être ému. Sa plus grande peine est d'être obligé de donner ce qu'il pourrait garder.

La pièce de vingt sous du petit Franc's.

Le petit Francis allait, tous les jours, avec sa bonne jouer au square des Arts et Métiers. Sa maman lui donnait, chaque fois, trois sous qu'il disposait ainsi :

Un croissant d'un sou ;

Un verre de coco ou de limonade d'un sou et un sou d'aumône à un vieux joueur d'orgue qui se plaçait toujours au même endroit.

Un jour que la maman de Francis n'avait pas trois sous de monnaie pour les donner à son petit garçon, elle voulut envoyer changer une pièce de vingt sous.

« Oh ! maman, dit Francis, laissez-moi cette pièce, j'en aurai pour six jours ; vous ne me donnerez qu'un sou pour le septième, et je mettrai cette belle pièce dans mon joli porte-monnaie vert. »

La mère, voyant qu'il en avait tant envie, la lui donna et lui recommanda de ne pas la perdre en jouant.

Francis s'empressa de la serrer dans son porte-monnaie, et ce porte-monnaie il le mit précieusement dans sa poche, où sa main le serrait bien fort.

Il alla avec la bonne au square ; mais au lieu de jouer et gambader, il s'assit sur un banc, s'occupant de son porte-monnaie, qu'il avait peur de perdre.

Sa bonne, voyant l'heure où d'ordinaire il allait chercher son croissant, lui dit :

« Allons-nous chercher votre gâteau ?

— Je n'ai pas faim, répondit Francis.

— Seriez-vous malade ?

— Mais non, ma bonne, je ne veux pas manger. »

Il avait faim, cependant, le pet't Francis, mais il ne voulait pas changer sa pièce, ni en ôter un sou. Il préféra endurer le supplice d'avoir besoin de manger.

Pour détourner l'attention de sa bonne, il se mit à regarder les images étalées à la vitrine d'un marchand de journaux.

Mais voilà que le marchand de coco, dont Francis était un clien', tourna't autour de lui en agitant son verre d'étain, ce qui fait, comme vous savez, une petite musique annonçant son approche.

Francis semblait tout absorbé par les images ; au fond, il enrageait de sentir le marchand tourner autour de lui.

« Vous ne buvez donc pas ? demanda la bonne.

— Puisque je n'ai pas mangé, je n'ai pas besoin de boire! »

C'était assez juste; aussi cette fille ne répondit rien.

En sortant du jardin, Francis vit bien le pauvre qui lui tendait sa casquette, mais l'enfant détourna la tête. Quoique son cœur fut ému, il ne put se décider à changer sa chère pièce.

Dès son arrivée à la maison, il se faufila à la cuisine pour demander un morceau de pain; il mordit dedans avec bonheur, car il avait faim.

Le lendemain, sa pièce encore tout entière garnissait le porte-monnaie vert. Il alla au square, comme d'habitude, il y joua davantage, et commençait à s'accoutumer au bonheur de posséder ses vingt sous, qu'il avait moins peur de perdre.

Après plusieurs courses, Francis vint s'asseoir près de sa bonne, et tira de sa poche un morceau de pain qu'il se mit à manger.

« Tiens, tiens, dit la bonne, vous avez apporté du pain de la maison?

— Je n'aime plus les croissants. »

Francis mentait.

« Ni la limonade non plus?

— Je n'ai pas soif.

— C'est bien drôle, ajouta Rosalie : vous ne voulez plus de croissants, vous ne buvez plus de limonade, vous ne dépensez pas vos trois sous ; ah ! je vois ce que c'est, vous voulez faire des économies, est-ce pour acheter un château? »

L'enfant rougit, mais ne répondit rien.

Au moment de quitter le jardin, il inventa mille prétextes pour sortir du square par une autre porte que celle où se trouvait le pauvre joueur d'orgue.

Dans le trajet du jardin à sa maison,

Francis et sa bonne passèrent près d'une borne-fontaine à laquelle plusieurs personnes prenaient de l'eau.

« Si je buvais à cette fontaine? dit le petit garçon à cette fille : j'ai bien soif.

— Oh ! par exemple, c'est trop fort! vous ne voulez plus acheter de limonade, et vous boiriez à cette fontaine ! Je ne le soffrirai pas; vous attendrez d'être à la maison pour vous désaltérer. »

Toutes ces petites ruses pour ne pas changer sa pièce durèrent six jours.

Le septième, au moment où Francis partait pour le jardin, sa maman lui donna un sou.

« Voilà, lui dit elle, ce qui fera tes trois sous pour la journée, puisque ta pièce devait te durer six jours. »

Francis ne dit point à sa mère que la pièce était encore entière dans son porte-monnaie ; Rosalie n'en dit rien non plus.

Dans le jardin, il mangea le morceau de pain qu'il avait eu soin de prendre à la maison.

En sortant du square, la bonne entraîna Francis par la porte où se tenait le pauvre, qui, en le voyant, lui tendit sa main, semblant lui dire, par son air triste :

Pourquoi me refuser l'aumône ?

« Vous ne donnez rien à votre pauvre ? dit la bonne, voyez comme il tend la main.

— Je n'ai pas de monnaie ; je n'ai qu'une pièce de vingt sous et ne veux pas la changer.

— Mais vous avez le sou que votre maman vient de vous remettre.

— Je veux le garder.

— Oh ! le vilain avare ; que c'est laid d'être avare.

— Mais je ne suis pas avare, moi.

— Si, vous êtes avare. Depuis que vous avez une pièce, vous n'avez rien donné au pauvre, et vous le voyez vous tendre la main tous les jours. Vous deviendrez dur, si vous continuez ; vous ne penserez qu'à rassembler des sous pour en faire des pièces, et quand vous mourrez, vous n'irez pas au ciel. Les avares n'y sont pas. »

Francis baissa la tête ; il avait l'air de compter ses pas.

Voilà qu'en passant dans une rue déserte, pour rentrer chez eux, ils rencontrèrent une petite fille qui venait de chez la crémière, portant du lait dans un bol.

Soit étourderie, soit accident, la petite fille tomba tout près de Francis. Le bol se cassa et le lait se répandit.

La bonne et l'enfant la relevèrent. Elle pleurait bien fort.

« Tu t'es fait du mal ? lui demanda Rosalie.

— Non, pas trop, mais mon bol est cassé, ma tante va me battre; ce n'est pourtant pas ma faute.

— Combien ça peut-il coûter un bol? dit Francis, tout bas, à sa bonne.

— Dix sous, je crois.

— Si je lui achetais un autre bol, à cette pauvre petite, avec mes vingt sous, je ne serais peut-être plus aussi avare après?

— Vous ne le seriez pas du tout, si vous faisiez cela, mon petit Francis, puisque les malheurs du pauvre vous affligent, et que vous voulez les soulager.

— Alors achetons un autre bol et du lait. »

Rosalie embrassa le jeune garçon, expliqua à la jeune fille que cela faisait de la peine à son petit monsieur de la voir pleurer, et surtout de penser qu'elle serait battue, et que pour l'empêcher il voulait, de son argent, lui acheter un autre bol et du lait.

La petite fille, subitement consolée, alla avec Francis et sa bonne chez la laitière, qui, justement, vendait de la faïence. On choisit un bol, le plus possible pareil à l'autre ; il fut rempli de lait. La petite fille remercia bien le bon jeune monsieur, et se sauva chez elle.

Francis tira la fameuse pièce de son porte-monnaie, et la donna à la marchande, qui lui rendit neuf sous : le bol et le lait en coûtaient onze.

En rentrant chez lui, Francis raconta tout à sa mère.

Le lendemain, il ne voulut pas des trois sous de chaque jour, il en avait encore.

Il acheta au square un croissant, il but un verre de limonade, et, en sortant, il donna sept sous au vieux pauvre en lui disant :

« Je vous donne sept sous, aujour-d'hui, parce que je n'avais pas de monnaie ces jours passés. Mais j'en aurai toujours maintenant. »

Francis ne fait plus de bourse; il est, espérons-le, corrigé pour toujours de son penchant à l'avarice.

L'économie du pauvre est une vertu; l'économie excessive du riche est un vice : l'amour de l'argent endurcit le cœur.

LA PARESSE.

LA PARESSE

La paresse est un défaut qui rend un enfant négligent à remplir ses devoirs.

Le bon Dieu nous ayant créés pour le connaître, l'aimer, le servir, et par ce moyen obtenir la vie éternelle, le travail est un moyen de gagner le ciel.

L'enfant a une tâche à remplir, et comme toute créature, il est condamné au travail.

Le paresseux est poussé à tous les mauvais sentiments. Un enfant qui n'aime pas le travail ne peut être vertueux ; le mal le tente, et son cœur amolli n'a pas la force de résister à la tentation.

3.

La vache mal gardée.

Une vieille paysanne du nom de Babet avait perdu tous ses paren's; il ne lui restait qu'un petit-fils, l'enfant de sa fille, jeune garçon de dix ans, nommé Nicolas.

Elle l'aimait comme l'unique rejeton de tous les siens, quoiqu'il se montrât peu digne de cette affection

Jamais on n'avait vu un tel paresseux; il marchait en se traînant ses pieds d'un air dolent, faisant toutes choses avec lenteur.

Quand sa grand'mère lui donnait du travail, si elle n'était pas là pour le pousser, il le faisait mal ou pas du tout; mais de lui-même, l'idée de s'occuper ne lui serait pas venue. Il passait son temps à dormir ou à jouer.

Sa grand'mère, pour l'exciter au travail, l'envoya à l'école. Ah bah ! il jouait avec feu, mangeait avec entrain ; mais dans les classes et pendant les leçons, il s'asseyait bien carrément sur son banc et faisait tranquillement son petit somme. Aussi, après trois mois d'école, il ne connaissait pas trois lettres de son alphabet.

Sa grand'mère lui disait souvent :

« La paresse traîne avec elle tous les vices. »

Cela ne le corrigeait pas, et il ne se passait guère de jours qu'elle n'eût à le gronder pour sa fainéantise, dont, elle était bien loin de lui donner l'exemple.

La bonne femme vivait et faisait vivre, par son travail, ce paresseux de Nicolas, sans qu'il vînt à l'idée de celui-ci de la soulager.

Babet filait du chanvre en été, de la laine en hiver, et tout en tournant activement son fuseau, elle gardait une jeune vache dans un pré.

Cette petite bête appartenait à une dame veuve, riche, pleine d'affection pour Babet, avec qui elle avait été élevée.

Cette génisse folâtre courait dans le pré, et il n'y avait à cela nul inconvénient; mais un champ de blé bordait le pré, qu'aucune huie ne protégeait, et il appartenait au meunier du village.

Si l'on n'eût pas fait bonne garde, la petite bête serait allée fourrager le champ du voisin. Cette active surveillance était une rude besogne pour la pauvre Babet.

Parfois elle amenait Nicolas pour lui aider; mais au lieu de veiller, il se traînait de place en place ou s'endormait dans les buissons.

Or, un matin, madame Vergne, la maîtresse de la jeune vache, envoya

Babet à la ville pour faire une commission importante, et qui devait la retenir jusqu'au soir.

Pendant que cette dame donnait ses instructions à la vieille femme, la génisse, enfermée dans son étable, contrairement à ses habitudes, beuglait d'une façon lamentable, devinant bien que l'heure d'aller au pré était passée depuis longtemps.

Les deux femmes en furent émues.

« Si l'on essayait, dit madame Vergne, de l'envoyer à son pré sous la garde de Nicolas ?

— Il est si paresseux, répondit tristement Babet ; il la gardera mal, et elle ira manger le blé en herbe, le meunier se fâchera.

— Je lui donnerai un bon dîner pour l'engager à bien surveiller la génisse. »

Babet se laissa persuader et alla chercher son petit-fils.

Madame Vergne le sermonna longuement, et Nicolas promit de surveiller la bête.

Babet partit donc pour la ville, tandis que son fils allait conduire la génisse au pré.

Jusqu'à midi, tout marcha assez bien; la vache réussit bien à attraper par-ci par-là quelques brins de blé, tandis que Nicolas cherchait des fraises, mais enfin il y avait peu de mal.

Quand sonna l'Angelus au clocher du village, Nicolas, — il faut être juste, — se leva pour le réciter, puis ce devoir rempli, il se prépara à bien dîner, besogne qu'il remplissait toujours avec beaucoup d'ardeur.

Il étala sur l'herbe, à côté de lui, toutes les bonnes choses données par madame Vergne; il réjouissait ainsi ses yeux en même temps que son estomac.

Il mangea lentement pour savourer

davantage son pain blanc, son lard, ses prunes, ses figues, arrosant le tout d'une excellente piquette contenue dans une gourde.

Son repas fini, il étendit sa petite personne tout de son long, et il regardait glisser les nuages, chose bien amusante, j'en conviens, et pas fatigante du tout.

De temps en temps, il levait la tête pour voir où en était la vache. Insensiblement elle s'approchait du champ interdit.

Nicolas avait bien le désir de courir pour la détourner de cet endroit dangereux et la faire revenir à sa provende légitime ; mais le soleil était si chaud, l'envie de dormir si grande !

Il sentait qu'en courant après sa bête, cela le réveillerait, et il se dit, pour s'excuser, que si elle allait au champ défendu, elle ne pourrait pas y faire grand tort, et que d'elle-même elle reviendrait à son herbe.

Ce raisonnement fait, il s'endormit.

La vache, il est vrai, mangea dans son pré assez longtemps, puis, peu à peu, elle s'approcha du blé. Ne voyant personne pour l'en éloigner, peut-être pensa-t-elle, dans son esprit de bête, que ce jour-là on lui donnait permission d'y entrer.

Et la voilà broutant, saccageant, piétinant dans tous les sens ce pauvre blé en herbe, de long, de large, en travers, en zigzag, si bien qu'il n'en resta guère debout de ce beau blé auparavant si droit.

La vache espérant trouver un blé meilleur, joyeuse sans doute de n'entendre aucun cri pour la rappeler à l'ordre, de ne sentir aucun aiguillon pour la faire rentrer sur ses terres, s'abandonna à son humeur vagabonde, et alla toujours tout droit sans s'inquiéter davantage du bouvier ni du bâton.

Sur le soir, le soleil se cacha derrière la plus haute montagne; les oiseaux ne sautillaient plus sur les branches, un petit vent frais faisait bruire les feuilles des grands peupliers. Nicolas s'éveilla.

Il se redressa à demi et du regard chercha la vache.

Il ne la vit d'aucun côté; alors il se leva vivement, et se mit à courir en l'appelant de toutes ses forces:

« Roussille! Roussille! » c'était son nom.

Les échos répétèrent Roussille! mais pour la vache ce cri fut perdu; l'eût elle entendu, je ne pense pas qu'elle se fût pressée de revenir.

La peur s'empara de notre paresseux; il courut au champ de blé; l'état où il le vit lui apprit, aussi bien que si on le lui avait dit, que la génisse avait passé par là.

Il espéra qu'elle serait revenue toute seule dans son étable; — cela s'est peut être vu, mais cela doit être rare. — Il y courut, point de vache.

Il revint chez lui.

Babet venait de rentrer bien fatiguée de son voyage à la ville, lorsque Nicolas d'un air fort tranquille, lui annonça que la vache s'en était allée après avoir piétiné le champ de blé, et qu'il ne savait pas du tout de quel côté elle avait passé.

La pauvre femme, à cette nouvelle, se tordit les bras de désespoir.

Elle reprocha à Nicolas son indigne paresse, et partit pour chercher la vache.

Il était plus de minuit quand Babet la trouva à une lieue du village; elle la ramena à son étable, et revint se coucher toute trempée de sueur.

Le paresseux dormait comme une marmotte. Mais le lendemain, quand Babet voulut se lever, sa tête tourna, ses jambes fléchirent, enfin elle se trouva mal et tomba au pied du lit comme morte.

Malgré son indolence, Nicolas s'effraya et appela du secours. On vint à son aide ; et la première personne qui entra fut madame Vergne qui, après avoir replacé Babet dans son lit, a la chercher le médecin.

Celui-ci arriva en toute hâte, et déclara que Babet était dans un état de maladie très-grave, par suite d'une trop grande fatigue, et qu'il ne répondait pas de sa vie.

C'est alors que ce paresseux eut de grands regrets d'avoir négligé la vache et causé à sa grand'mère tant de fatigue en allant à sa recherche.

Babet fut malade un mois tout entier. Outre de vives souffrances, elle dépensa toutes ses économies, et contracta des dettes. Cette position si pénible retardait sa guérison. Il fallut aussi payer au meunier une grosse somme pour son blé détruit. La pauvre Babet se vit forcée de vendre sa petite maison pour s'acquitter envers lui et le médecin.

Madame Vergne, qui aimait beaucoup Babet, se croyant un peu la cause de sa maladie et de son malheur, lui proposa de la prendre avec elle pour soigner la vache et son jardin. En échange elle lui donnerait la nourriture et le logement, puisqu'elle vendait sa maison. Mais à la condition qu'elle placerait Nicolas comme valet dans une ferme.

Elle ne voulait, en aucune façon, entendre parler de lui.

Babet s'empressa d'accepter cette offre si avantageuse. Nicolas entra dans une métairie voisine. Je vous assure qu'on lui fait la vie rude.

Levé dès quatre heures du matin, il n'a plus le loisir de voir filer les nuages, ni de dormir sous les buissons.

Il apprend là que tous, tant que nous sommes, grands et petits, jeunes et vieux, nous avons été condamnés au travail par les lois du bon Dieu, que c'est le seul moyen d'éviter la misère, le chagrin et le mal.

PAGE(S) VIERGE(S)

L'ENVIE.

L'ENVIE

L'Envie est un défaut qui gâte le cœur d'un enfant, puisque ce sentiment l'amène à s'affliger de la joie des autres, et à se réjouir de leurs peines.

L'Envieux devine qu'il n'est pas aimé, et il ne fait rien pour se rendre aimable. Au lieu de s'accuser lui-même de la froideur qu'on ressent pour lui, il accuse tout le monde, déteste tout le monde, et c'est lui seul qui est détestable.

La Poupée noyée.

Une petite fille, nommée Angèle Florent, avait ce vilain défaut de l'envie, qui rend jaloux ou désireux du bien du prochain.

Elle croyait qu'on aimait mieux ses frères et ses sœurs qu'elle-même. Tout ce qu'on leur donnait lui semblait meilleur que ce qui lui était destiné.

Ce mauvais penchant gâtait toutes ses joies. Sa maman, concierge dans la grande fabrique de tannerie de M. Bourg, rue Croullebarbe, au bord de la rivière de Bièvre, connaissait bien le vilain caractère de sa fille.

Quand elle servait à déjeuner à son mari et à ses six enfants, Angèle jetait sur les tasses de ses voisins des regards qui étaient particuliers, et qui voulaient dire :

Vos tasses sont plus pleines que la mienne, ou le lait en est mieux sucré.

Ce mauvais sentiment changeait l'air de sa figure ; jamais elle ne regardait personne en face, ses yeux cherchaient toujours, et partout espérant découvrir quelque chose de caché.

Remarquez que ses frères et ses sœurs, qui connaissaient son humeur envieuse, avaient souvent, pour se moquer d'elle, l'air de la fuir ou de se cacher pour dire des secrets.

Sa maman, par sa tendresse et ses avis, faisait tout son possible pour la corriger.

Louise, la sœur ainée d'Angèle, reçut pour sa fête, de la part de son parrain, caissier de la fabrique, une belle poupée Hurel avec beaucoup de morceaux d'étoffes que sa femme, grande couturière, avait donnés pour lui faire des robes.

Marthe et Maria, les autres sœurs de

Louise et d'Angèle, se proposaient de bien jouer avec cette belle poupée dont elles se dirent les tantes, Louise étant comme de juste la petite mère.

Aussi les après-midi du jeudi furent consacrées à confectionner le trousseau.

Louise tailla, coupa toutes les étoffes, et distribua la besogne à ses trois sœurs ; mais Angèle, avec son air maussade, refusa sa part de travail, en disant :

« Je ne suis pas si sotte de passer mon temps à coudre pour une poupée qui n'est pas à moi ; j'aime mieux aller jouer au bord de la Bièvre.

— La poupée est à toi comme à nous, répondit Louise ; on jouera en commun ainsi que le font les sœurs qui s'aiment bien, seulement, moi, j'en serai la mère ; Marthe et Maria n'y trouvent rien à dire.

— Je ne veux pas travailler à son

trousseau, dit l'envieuse, à moins que tu ne me donne ta poupée pour moi toute seule. »

Les trois sœurs se récrièrent en disant qu'Angèle était trop exigeante de vouloir pour elle seule cette poupée qui avait été donnée à Louise.

« Gardez donc votre poupée, je ne veux ni jouer avec elle, ni travailler pour elle. »

La poupée complètement habillée, on devait lui donner un nom, et pour cette cérémonie plusieurs enfants des ouvriers de la fabrique devaient prendre part à une collation et à des jeux.

Tout en travaillant au trousseau, Louise, Maria, Marthe, même Jacques, le petit frère, organisaient la fête ; et les langues allaient aussi vite que les doigts.

Vous détailler tout ce que la poupée eut de belles robes, de jupons garnis, de pasdessus, de chapeaux, serait trop long; je préfère vous dire pour abréger que rien ne manquait à sa toilette, pas même des bottines à talons rouges, qu'un cordonnier, ami du concierge, avait bien voulu lui faire.

Tous les habits furent serrés dans une armoire à l'usage des poupées, confectionnée par le fils du concierge, apprenti dans une fabrique de meubles.

Le jour du baptême de cette tant belle poupée, la maman organisa une collation, avec du lait chaud et sucré, des échaudés et une énorme galette; sans compter que monsieur Bourg devait envoyer des cerises, fruit rare dans cette saison.

Cinq petites filles et trois petits garçons arrivèrent pour la cérémonie, ornés de bouquets cueillis sur les fortifications.

La poupée avait pour marraine Marthe, et pour parrain un petit garçon du nom de Lin; et on devait l'appeler Rose. Il va sans dire qu'elle était revêtue de ses plus beaux atours, robe blanche, voile de tulle, couronne sur la tête. Ainsi parée, elle faisait l'admiration de tout le monde.

Pendant que les enfants s'extasiaient, poussaient des oh! des ah! ravis de tout ce qu'ils voyaient, Angèle allait de l'un à l'autre, faisant des réflexions peu aimables, essayant tous les moyens pour troubler la joie générale.

En attendant la collation, qui devait précéder le baptême, toute la bande, Louise en tête, portant fièrement dans ses bras la belle poupée, allèrent se promener au bord de la Bièvre.

« Allons donc sur le pont, dit Angèle; car il venait de lui pousser subitement une mauvaise pensée!

— Allons sur le pont! répétèrent les enfants. »

Et ils suivirent l'envieuse fille qui marchait la première. Elle se glissa à côté de Louise, qu'elle attira près du parapet du petit pont en s'écriant :

« Oh ! quel gros poisson ! vois donc là, près des herbes ! ah ! comme il est gros ! »

Louise, sans défiance, pencha la tête. Angèle profita de ce moment pour soulever la poupée par les pieds, et la poussa dans la rivière.

« Oh ! méchante ! s'écria la pauvre petite fille, ma poupée est perdue. »

Tous les enfants criaient dans une agitation extrême.

La poupée soutenue par l'eau, tournoya un moment, s'enfonça, reparut, montrant un de ses bras comme pour appeler au secours, s'enfonça de nouveau, reparut encore, puis s'abîma dans la rivière.

Et pendant que Louise pleurait, Angèle riait de son rire méchant.

« Beau malheur ! disait-elle, ton parrain t'en achètera une autre.

—Oh ! répondit Louise, mon parrain n'est pas assez riche pour me donner deux fois une poupée aussi chère, et il pourra croire que j'ai manqué de soin.

— Mais, puisque la poupée est noyée, il n'y aura pas de baptême, dit un petit garçon tout contristé.

— Ni de collation, dit un autre. »

Tous les enfants allèrent conter la triste aventure à la maman de Louise, qui fut contrariée de cette perte, à cause surtout de celui qui avait donné la poupée à sa petite fille.

Elle gronda Louise bien fort, croyant qu'elle l'avait laissée choir dans l'eau par étourderie.

Louise aurait pu se justifier en contant le méchant tour d'Angèle ; elle préféra ne rien dire.

La maman voulut aller au bord de

la Bièvre, pour se rendre compte de la manière dont l'accident avait eu lieu.

Tous les enfants la suivirent, même Angèle.

Pendant que madame Florent examinait sur ce pont, questionnait l'un, questionnait l'autre, le jardinier de la maison, qui pêchait à la ligne, s'approcha de la concierge et lui dit :

« Ne grondez pas Louise, ce n'est pas sa faute ; allez, si la belle poupée est tombée dans la rivière, c'est qu'Angèle, en voulant jouer sans doute, a poussé la poupée par les pieds : j'ai vu ça, moi ; mais je n'ai pu repêcher ce pauvre joujou. »

La maman regarda Angèle qui rougissait, qui pâlissait ; elle devina à son trouble que ce n'était pas en jouant que l'accident avait pu arriver, mais par ce vilain sentiment qui lui faisait commettre tant de méchantes actions. Madame Florent ne la gronda pas comme elle le méritait, mais son air sévère inquiétait cette vilaine petite fille bien plus qu'une réprimande.

Les autres enfants voyant Louise en pleurs, parlaient très bas de ce triste accident, et n'osaient plus jouer ; chacun cherchait à consoler cette pauvre petite Louise.

Cependant la journée ne se termina pas tout à fait dans les larmes ; la collation eut lieu. Mais ce petit festin ne fut pas ce qu'on avait rêvé.

Le soir, le concierge et ses enfants se couchèrent, madame Florent garda la loge.

Madame Bourg entra, et vint s'asseoir un moment dans sa loge pour demander les détails du baptême de la poupée, car toute la maison s'était intéressée à ces jeux d'enfants.

Madame Florent, bien affligée, raconta ce qui l'avait attristée; elle ne put s'empêcher de pleurer de cette mauvaise action d'Angèle, ne sachant que faire pour la punir.

« Je crois, dit Madame Bourg, que pour la corriger, il faut l'éloigner de ses frères et de ses sœurs.

— Mais où la mettre ? dit la pauvre mère.

— Tenez, mère Florent, confiez-la-moi, je la mettrai chez les dames de la Providence à Ivry ; quand elle sera isolée elle réfléchira et se corrigera ; mais il faut la punir sévèrement. »

Les deux femmes convinrent qu'on en parlerait le matin à monsieur Florent, et que dans l'après-midi Angèle partirait pour Ivry avec sa mère si le père y consentait.

Le lendemain, quand le père et la mère se réunirent pour le déjeuner du matin, Angèle ainsi que les autres enfants allèrent dire bonjour. Mais la petite envieuse s'aperçut que ses parents avaient l'air fort triste.

On déjeuna silencieusement; le repas terminé, la mère dit à Angèle d'aller mettre son bonnet et sa pèlerine pour sortir.

Angèle devina que les explications allaient venir.

Bientôt elle redescendit vêtue comme pour se rendre à l'école.

« Embrassez votre père et vos sœurs, et demandez pardon à Louise du mal que vous lui avez fait en jetant à l'eau si méchamment sa poupée.

— Où m'emmenez-vous donc, maman? demanda timidement la petite fille.

— En pension à Ivry chez les dames de la Providence; vous y resterez jusqu'au moment où votre cœur aura changé, et où vous aurez appris que l'envie pousse à des actions affreuses. »

Angèle ne pleura pas, elle comprit que ce serait inutile et qu'elle avait bien mérité cette punition.

Louise essaya de demander sa grâce; mais elle vit bien, à l'air sévère de ses parents, qu'elle ne l'obtiendrait pas.

Une heure plus tard, madame Florent remettait Angèle à une sœur qui la mena dans le couvent.

Lorsque sa mère fut partie, le pauvre cœur d'Angèle se détendit, elle pleura et demanda à la bonne sœur qui cherchait à la consoler de la conduire à la chapelle. Là elle pria pour son père, pour sa mère, pour ses frères et sœurs, et plus particulièrement pour cette pauvre Louise. Enfin elle pria pour elle-même, et demanda à Dieu la force de se corriger.

Ah! combien Angèle trouva de différence entre la vie du couvent et la maison de son père! Elle n'avait pas de compagne, son caractère peu aimable éloignait d'elle.

Elle était toujours seule pendant les récréations, assise dans un coin, tenant dans ses mains un livre qui lui servait de contenance, mais qu'elle ne lisait pas.

Elle pensait à ses parents, à ses sœurs, et le regret amer qu'elle ressentait de n'être point avec eux lui fit prendre de bonnes résolutions et redoubler d'efforts pour devenir meilleure.

J'ai le plaisir de vous annoncer qu'Angèle est revenue chez ses parents après un séjour de six mois au couvent.

Elle n'est plus envieuse des joies des autres ni affligée de leur bonheur; de bonnes prières et le désir de rentrer dans sa famille ont changé ce mauvais petit cœur en une bonne et tendre nature.

———

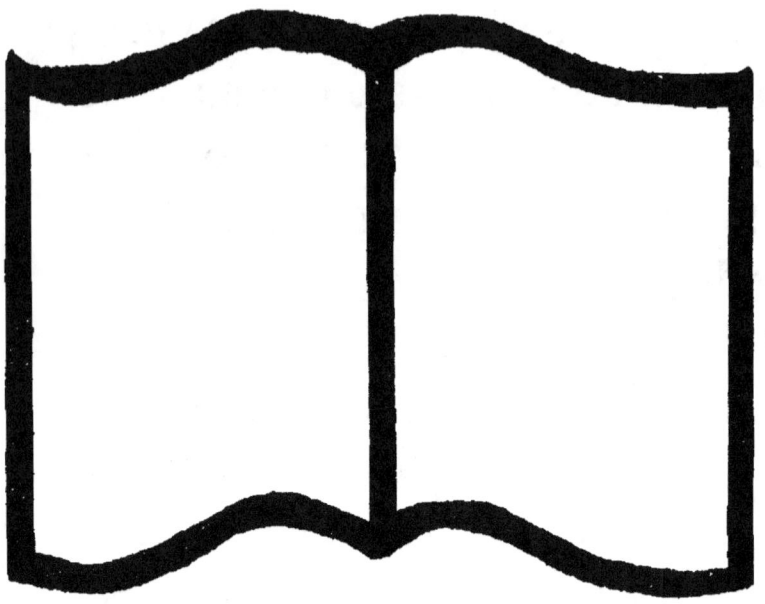

PAGE(S) VIERGE(S)

L'ORGUEIL.

L'ORGUEIL

L'orgueil est un défaut qui fait croire à un enfant qu'il vaut mieux que les autres enfants; que ce qu'il fait est mieux fait que ce qu'on peut faire.

L'orgueilleux, s'il est savant, croira que sa science vient de lui. S'il est beau, il oubliera que sa beauté est l'ouvrage de Dieu.

Son air, ses gestes, ses paroles, montrent combien il est content de sa personne.

Il se croit tout seul de son espèce, et au-dessus de tous.

L'orgueil rend le cœur dur. Pour paraître, pour dominer, l'orgueilleux froisse, humilie tous ceux qui l'entourent.

Les Leçons oubliées.

Philippe Ardouin, jeune garçon de sept ans, de tous les enfants de son âge, était celui qui avait le plus de mémoire et de facilité pour apprendre toutes choses

Une leçon faite une fois devant lui, il la retenait ; une chanson chantée en sa présence, il la savait.

Toujours le premier de sa classe, il annonçait vraiment un enfant extraordinaire.

Mais un grand défaut gâtait toutes ses heureuses dispositions. Philippe avait un orgueil insupportable. Accoutumé à entendre des compliments sur sa facilité à apprendre, il prenait avec ses camarades et ses frères des façons dédaigneuses, des mouvements d'épaules ou des airs de tête qui voulaient dire :

Vous êtes tous des sots, et moi j'ai beaucoup d'esprit.

Plusieurs fois son orgueil s'était dénoncé par des paroles peu aimables ; aussi ses frères et sœurs ne lui témoignaient pas une bien vive tendresse.

Cela même aurait pu devenir de l'inimité.

Philippe fit une grave maladie, et tous : petits cœurs de frères et de sœurs, un peu froids quand ils les humiliait par ses grands airs et sa science, devinrent pleins de pitié pour ses souffrances.

De bonnes prières allèrent jusqu'au bon Dieu pour obtenir sa guérison, et bientôt après le malade guérit et entra en convalescence.

Le grand-papa, pour témoigner sa joie de la guérison de son petit-fils, donna une fête à sa famille dans une petite maison qu'il avait à la campagne.

Après un bon déjeûner, plus copieux que délicat, la chaleur étant trop forte pour que la compagnie s'éparpillât dans le jardin, on se réunit dans une grande pièce où l'on se mit à chercher des jeux.

Les jeux ne faisaient pas l'affaire de Philippe, qui aurait préféré faire briller son savoir; il s'appliquait donc à tout déranger, et il finit par dire :

« Récitons des fables ! Moi je vais vous en dire une que je n'ai entendue qu'une fois et que je sais très-bien ; mieux que mon frère à qui on l'a serinée au moins dix fois. »

Le frère de Philippe, mécontent de ces paroles peu aimables, fit une petite moue, et il vou'ait s'en aller, quand un petit enfant simple et naïf dit :

« Eh bien ! Philippe, récite-nous ta fable. »

Philippe releva la tête de cet air qui voulait dire :

Écoutez et admirez.

Le savant, tout souriant, commença ainsi :

« Un mal qui..... un mal que..... ou le..... hum..... hum..... Eh bien, je ne sais plus ma fable, c'est très-drôle.

Au fait, cela n'a rien d'étonnant, je n'avais entendu cette fable qu'une fois.

Alors je vais vous raconter l'histoire de cet homme que Dieu choisit pour être le chef de son peuple.

Oh ! cela je le sais très-bien, j'ai eu un prix pour l'avoir dit devant un inspecteur. C'est... c'est... comment... c'est...

Je ne peux pas trouver son nom, » disait notre petit prodige en tapant du pied d'impatience.

Le cercle commençait à rire de l'embarras du savant Philippe.

« Alors, puisque j'ai oublié encore ce nom, vous allez voir, je vais vous chanter le petit grenadier, le maître a dit que je le chantais mieux qu'aucun de vous. »

Philippe se campa fièrement sur une jambe et cria :

« Il est... il y a... tra la tra la... Tiens, mais que c'est donc drôle, je ne puis ni chanter ni réciter.

— Et bien, dit le petit garçon, naïf, dis-nous ce que devint la femme de Loth. »

Le petit orgueilleux ouvrit une bouche très-grande, regarda le plafond, puis le plancher, pour y chercher sa réponse ; il n'y trouva rien, car il ne dit mot.

Une petite voix reprit :

— On mit la femme de Loth dans le pot-au-feu lorsqu'elle fut changée en statue de sel. »

Tout le monde éclata de rire. Philippe, vexé de ces moqueries qu'on lui lançait sans se gêner, s'en alla dans un coin pour pleurer sur son humiliation.

Sa mère s'approcha du pauvre affligé, le serra dans ses bras en l'embrassant, et lui dit :

« Mon enfant, le bon Dieu t'avait donné beaucoup de mémoire, et une grande facilité pour apprendre toute chose. Il t'a ôté dans ta maladie ce qu'il t'avait donné ; soumets-toi, tu seras à l'avenir obligé de faire comme les autres enfants, et de travailler beaucoup pour savoir peu.

Quand tu sauras, sois modeste, afin de te faire pardonner tes succès, si tu en as, et aussi pour qu'on te plaigne si tu ne réussis pas. »

Philippe n'est plus aussi prodige, il est modèste; et comme il a peur d'oublier ce qu'il a de la peine à apprendre, il ne fait plus parade de son savoir.

Ses frères et ses sœurs l'aiment davantage ainsi. Il vaut mieux inspirer la tendresse que l'admiration.

LA COLÈRE

La colère est un défaut qui conduit l'enfant à ne pouvoir supporter ni contrariétés ni réprimandes, ni aucune des choses qui peuvent le gêner, sans crier, se fâcher, faire du bruit et du désordre.

La colère est une espèce de folie : c'est-à-dire qu'on arrive à ne plus savoir ni ce qu'on dit, ni ce qu'on fait, quand on est en colère.

On peut, dans cet état violent, causer de grands malheurs, à soi ou aux autres, et le plus souvent, aux autres et à soi.

Le Carreau cassé.

En moins de deux mois, madame Bruyère, veuve jeune et riche, avait perdu trois enfants morts de la rougeole. Il ne lui restait qu'une fille qu'elle craignait de voir mourir comme les autres ; aussi gâtait-elle beaucoup sa petite Rosalie. Ses domestiques avaient reçu l'ordre de ne point la contrarier, de faire toutes ses volontés, enfin de ne jamais provoquer ses larmes. Cet ordre ridicule, et que les domestiques n'osaient pas enfreindre, fit de Rosalie une petite fille colère, qui trépignait et jetait avec violence ce qu'elle tenait à sa main, quand on était dans l'impossibilité de la satisfaire, ce qui arrivait souvent.

Sa mère reconnut alors combien

était détestable ce système d'éducation ; elle aurait voulu corriger sa fille par des moyens de douceur et des paroles amicales, mais elle vit bientôt que la chose serait difficile.

Rosalie, jolie de figure, vive, intelligente, plaisait au premier abord ; mais il ne fallait la voir ni souvent, ni longtemps, pour la prendre en aversion. On était bientôt témoin de ses emportements et de ses colères ; aussi madame Bruyère vivait-elle très-retirée, ne voyant et ne recevant personne.

Son médecin lui ordonna d'aller prendre des bains de mer. Elle hésitait à cause de sa fille. Dans tous ces petits ports de mer, on vit presque en commun ; bientôt tout le monde se connaît, et madame Bruyère redoutait l'intimité. Le plus grand chagrin de cette pauvre mère, c'était que des étrangers pussent être témoins des colères de Rosalie.

Celle-ci avait la plus grande envie d'aller faire ce voyage ; elle fit beaucoup de belles promesses, et parvint à se contenir pendant plus d'une semaine.

Madame Bruyère, trompée par ce calme feint, loua une maison dans un petit port de Normandie, où elle alla s'installer au mois de juin, avec sa fille et ses domestiques.

Rosalie trouva le pays charmant, la mer bien belle, la plage très-amusante ; on se réunissait presque toute la journée sur le sable, on courait, on jouait, et comme la petite fille ne prenait pas de bains, à cause de son caractère violent, tout était pour elle joie et bonheur.

Sa maman lui avait donné une jolie petite voiture en osier traînée par une belle chèvre grise. Cette voiture faisait les délices de tous les enfants.

Pendant plusieurs semaines Rosalie veilla sur elle-même ; on la trouva charmante.

L'on admirait surtout son talent très-précoce pour la musique : elle touchait du piano avec beaucoup de goût, charmait tout le monde en faisant danser, chaque soir, les petites filles et les petits garçons. Les personnes qui l'admiraient ne se doutaient guère du vilain défaut qui gâtait toutes ses qualités.

Sa maman, peu accoutumée à ce calme, croyait sa chère Rosalie corrigée. Hélas ! un défaut vient vite et s'en va lentement, quand il s'en va.

Un jour Rosalie installa dans sa voiture un gros bébé, que cette promenade amusait beaucoup. La petite fille le soutenait, ne permettant à personne d'approcher de l'attelage, qu'elle seule conduisait le fouet en main.

Un garçon de la bande voulut donner un fruit au bébé; cela déplut à Rosalie, qui, furieuse, allongea un coup de fouet à l'imprudent, en pleine figure, ce qui traça sur ce joli petit visage un sillon tout rouge.

L'enfant en pleurs alla se plaindre à sa mère, qui parut bien contrariée de cet acte de violence brutale. Elle entraîna son fils loin de la plage, et pendant plusieurs jours elle évita de s'approcher du groupe où se trouvaient Rosalie et madame Bruyère.

Cette action de la petite Rosalie mit de la froideur parmi les baigneurs. Les uns la blâmaient d'avoir frappé ce jeune garçon; d'autres, et c'était le plus petit nombre, ne voyaient là qu'une impatience d'enfant.

Cependant tout le monde désapprouvait madame Bruyère de n'avoir pas exigé que sa fille fît des excuses au petit cravaché. Hélas ! elle craignait en demandant cette juste réparation à sa fille de provoquer un autre accès de colère.

A quelques jours de là, Rosalie qui était allée au Havre avec sa mère, en rapporta une jolie perruche qui se tenait constamment sur son doigt.

Le petit garçon dont nous avons parlé ne chercha pas à cacher son admiration et l'envie qu'il avait de posséder cet oiseau.

Rosalie s'en aperçut et demanda à sa mère la permission de le lui offrir. On regarda ce cadeau comme une réparation, et le bon accord se rétablit parmi le grand et le petit monde de la plage.

Un jour, on organisa une partie de campagne à ânes, pour aller boire du lait et manger des fraises dans un joli village des environs.

Les mamans, les enfants et les ânes devaient se réunir chez madame Bruyère, dont la maison se trouvait sur le chemin de ce charmant endroit.

Dès le matin de ce jour, bien désiré par Rosalie, la femme de chambre de sa mère l'habilla d'une robe grise bordée de bleu. Ensuite la petite fille passa chez sa maman, pour se faire coiffer, car c'était madame Bruyère qui, tous les jours, peignait ses cheveux, les plus beaux, les plus épais, les plus blonds qu'on pût voir; elle les mettait en nattes, et, le croiriez-vous? cette petite fille si impatiente, si difficile à gouverner, tant que durait l'opération, ne bougeait pas plus qu'une borne.

Vous voyez que le plaisir d'être bien coiffée savait la rendre patiente.

La coiffure terminée, la maman posa sur les belles nattes un joli filet noir, orné de bouts flottants, qu'elle assujettit avec des épingles, pour que tout ce joli édifice ne se dérangeât pas en sautant.

Rosalie alla jeter un petit coup d'œil à la glace, et s'écria en tapant du pied :

« Pourquoi m'avez-vous mis mon filet noir? Je voulais le rouge, qui vient d'arriver de Paris.

— Non, ma petite fille, répondit sa maman, ton filet rouge n'irait pas avec ta robe garnie de bleu.

— Alors, qu'on m'ôte ma robe bleue et qu'on me mette la rouge.

— Mais, mon enfant, il serait dommage de mettre cette robe, qui est très-belle, et de t'exposer à la tacher en te roulant sur l'herbe.

— Je veux mon filet rouge et ma robe rouge, criait-elle en trépignant.

— On n'aura pas le temps de te déshabiller et de te rhabiller, je vois là-bas sur la route les enfants qui viennent. »

Rosalie, prenant à deux mains le filet noir, les belles nattes, les nœuds flottants, les épingles, tira en tous sens, et si bien qu'elle déchira son col et sa robe.

Dans ce bel état, tout agitée de colère, les cheveux épars, sa robe en lambeaux, son filet qui tenait par une épingle sur le côté de l'oreille, on entendit dans l'escalier les enfants qui montaient en criant :

« Rosalie, vite en route, les ânes sont prêts. »

Rosalie, éperdue et calmée subitement, se jeta vivement sur un canapé dont elle ra'attit les coussins sur tous ces désastres.

Tout aussitôt les mamans et les enfants entrèrent dans le salon où Rosalie se croyait bien cachée.

Elle espérait que sa mère entraînerait tout le monde dans une autre pièce, et qu'elle pourrait s'esquiver et réparer le désordre de sa toilette.

Voilà qu'un petit garçon, en furetant, aperçut une paire de petites bottines qui passaient sous les coussins du canapé. Il crut à une farce et découvrit Rosalie ébouriffée, déchirée et toute rouge.

Aidé par toute la bande, il la tira de là et la porta presque devant toutes les dames qui, avec les enfants, éclatèrent de rire en la voyant dans cet état grotesque.

Madame Bruyère fut bien obligée d'avouer ce qui venait de se passer.

« Si j'avais une petite fille aussi violente, dit une dame, je la !aisserais avec sa bonne, et j'irais me promener toute la journée sans elle. »

La mère, honteuse pour cet enfant colère, regrettant sa bonté et sa patience, qui ne rendaient pas sa fille raisonnable, suivit le conseil de cette dame. Elle mit son châle, son chapeau, et suivit la compagnie sans dire mot à sa fille.

Rosalie, fort surprise, se sauva dans sa chambre, n'osant pas, devant tant de monde, faire une nouvelle scène.

Elle passa la journée bien tristement ; cependant elle comprit sa faute, car le soir, quand sa maman rentra, elle se jeta dans ses bras en pleurant, promettant de faire des efforts pour se corriger.

Il fallait une plus rude leçon pour en arriver là !

Il y avait un mois peut-être que cette aventure avait eu lieu, Rosalie avait été plus calme.

Mais un jour qu'elle étudiait sur son piano un morceau qui devait être exécuté le 15 août, pour la fête de sa mère, à une soirée donnée à la plupart des baigneurs, une petite fille, sa meilleure compagne, posa, sans y prendre garde, sa main sur le clavier. Cela produisit un bruit si bizarre que tous les enfants se mirent à rire aux éclats.

Rosalie se leva comme une petite furie, pour frapper l'enfant, qui, épouvantée, se sauva, ouvrit vivement une porte vitrée, la referma plus vivement encore, maintenant fortement le bouton pour que Rosalie ne pût l'ouvrir.

Un petit garçon vint lui prêter main-forte, et tout en riant beaucoup, ils empêchaient cette petite furieuse de passer.

Cela l'irrita tellement qu'elle donna un coup de poing à travers le carreau, qui se cassa en milles pièces.

Tout le monde accourut et vit Rosalie, pâle de colère, les yeux flamboyants et la main tout ensanglantée, menaçant encore les deux rieurs.

Madame Bruyère s'évanouit.

On alla chercher un médecin qui eut beaucoup de peine à arrêter le sang. Il banda les plaies, et au bout de quelques jours, quand il leva les linges qui enveloppaient la main malade, il annonça à la pauvre mère que sa fille s'était coupé deux nerfs, et qu'elle ne pourrait plus ouvrir qu'un doigt de la main droite.

Madame Bruyère désolée revint à Paris, consulta les plus célèbres chirurgiens, qui tous lui dirent que Rosalie était infirme pour le reste de ses jours, et son joli talent de musicienne perdu à jamais.

La leçon a été dure, mais Rosalie est corrigée ; car, depuis plus de deux ans que cet accident lui est arrivé, elle ne s'est pas oubliée une fois.

Lorsqu'un mouvement d'impatience l'agite, elle regarde la paume de sa main mutilée, elle soupire et se résigne.

« Chère maman, dit-elle souvent à madame Bruyère, le bon Dieu m'a privée de l'usage de ma main droite, mais j'espère qu'il m'a donné la patience.

Cette vertu est préférable à ce membre, dont je puis me passer : vous êtes riche, et je n'aurai jamais besoin de mon travail pour vivre, mais la patience me sera toujours uti'e.

———————

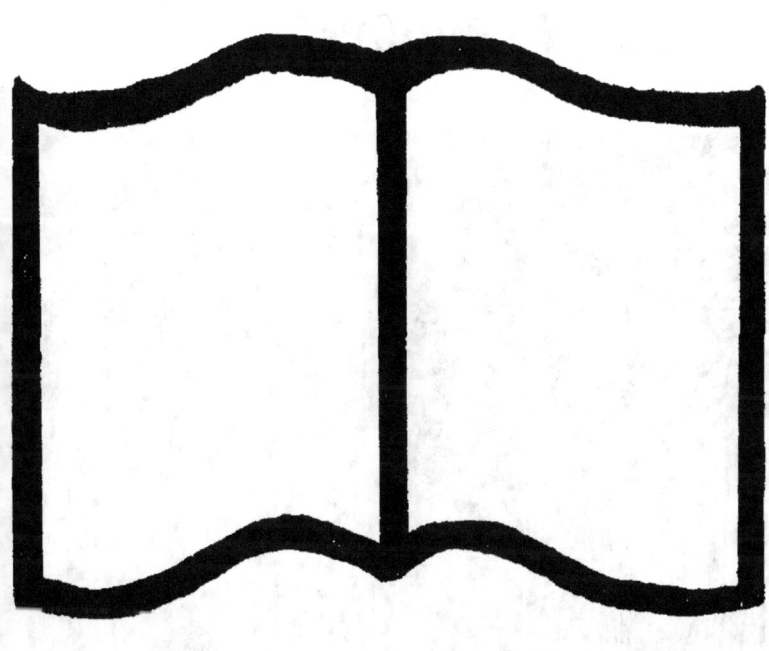

PAGE(S) VIERGE(S)

LA GÉNÉROSITÉ.

LA GÉNÉROSITÉ

———

La générosité est une vertu aussi belle, que l'envie est un défaut affreux.

Un enfant généreux est heureux du bonheur des autres; il oublie le mal qu'on lui fait; au lieu de le rendre ou de chercher à s'en venger, il le pardonne ou le cache, excusant toujours ceux qui lui font de la peine, et trouvant toujours une bonne raison pour faire du bien à ses ennemis.

I ` Pièce de dix sous, ou l'aumône du pauvre.

Julie Bastien allait, depuis trois mois à peine, à l'asile du quai d'Anjou. Attentive et appliquée, elle écoutait si bien les leçons de ses maîtresses qu'elle savait beaucoup de choses, entre autres qu'on doit aimer son prochain comme soi-même, lui faire tout le bien possible, l'aider de tous ses moyens, et ne jamais rendre le mal pour le mal.

Aussi voyait-on toujours la petite Julie demander grâce pour ses camarades punies ou partager avec elles les friandises qu'on lui donnait, leur prêter ses joujoux et protéger les tout petits contre la turbulence ou la malice des plus grands.

Julie était obéissante; elle avait appris que c'est le premier devoir de l'enfance.

Sa bonne conduite, son excellente tenue lui valaient chaque samedi, une belle image qu'elle portait toute fière à ses parents.

Son père, lorsqu'elle porta sa première récompense, lui donna un sou.

Julie, qui comprenait bien que ses parents travaillaient péniblement pour gagner de l'argent, était fort économe; aussi la bonne petite fille n'alla pas porter son sou en échange de quelques sucreries, comme le font beaucoup de petites prodigues de ma connaissance. Elle le conserva, espérant par sa sagesse en avoir encore d'autres.

Le second samedi, Julie eut une nouvelle image et un autre sou, puis un troisième, puis un quatrième, enfin elle en rassembla dix.

Un jour qu'elle comptait son petit trésor devant son père, celui-ci proposa à sa chère petite fille d'échanger ses dix sous en cuivre contre une belle pièce en argent toute neuve.

Julie accepta bien vite, embrassa son père pour le remercier, puis, je vous l'assure, toute joyeuse, elle serra sa belle pièce dans le coin de son mouchoir de poche, bien fière, cette chère petite, de posséder de l'argent gagné par son travail.

La joie ne lui fit point cependant oublier l'heure de la classe. Elle n'était pas de ces enfants joueurs qu'une mouche attire, qu'un brin de paille amuse. Les leçons de la maîtresse l'intéressaient et elle avait hâte de les entendre.

Dans le trajet de sa maison à son école, elle rencontra auprès d'un de ces larges égouts dans lesquels se jettent les eaux des rues une petite fille de son asile nommée Claire, qui pleurait en cherchant avec inquiétude dans l'eau du ruisseau.

« Que fais-tu là, Claire ? demanda-t-elle à sa petite camarade.

— Je cherche une pièce de dix sous que je viens de perdre dans le ruisseau, répondit-elle toujours en pleurant.

— Eh ! comment as-tu fait, ajouta Julie, qui s'é'ait mise à chercher aussi.

— Je passai près de l'égout, mon pied a heurté contre une pierre, je suis tombée, ma main s'est ouverte, et ma pièce a roulé dans l'eau. Que vais-je faire, si je ne puis la retrouver ?

— Il faut aller l'avouer à ta mère ; tu sais bien que la maîtresse dit que les papas et les mamans pardonnent toujours quand les enfants disent avec franchise ce qu'ils ont fait de mal.

— Ah! répondit Claire, tu ne sais pas, toi, que maman est bien malade dans son lit et qu'elle ne travaille pas. Nous n'avions plus que cette pièce de dix sous! Ce matin, elle me l'avait donnée pour aller acheter un pain de trois sous et deux sous de beurre pour notre déjeuner. Il devait rester cinq sous, le soir, pour dîner. Mon Dieu, mon Dieu, ma pièce! »

La douleur de Claire toucha le bon petit cœur de Julie. Sa main fouilla dans sa poche, et dénoua le coin du mouchoir qui contenait sa belle petite pièce, la posa à terre dans le ruisseau, et se baissant, elle s'écria :

« Tiens, Claire, la voilà ta pièce.

— Ah! quel bonheur, dit Claire, en la prenant avec joie, merci, Julie, laisse-moi t'embrasser, sans toi je n'aurais pu retrouver ma pauvre pièce, tu es bien gentille de m'avoir aidée. Comme l'eau du ruisseau l'a rendue belle et brillante ! Je cours faire ma commission et après j'irai à l'asile; garde-moi une place près de toi. »

Julie continua sa route, le sourire des anges sur les lèvres, la joie dans le cœur.

« Quel bonheur, se disait cette bonne petite fille, tout en marchant, d'avoir eu une pièce de dix sous! Comme Claire était contente croyant avoir retrouvé la sienne ! « Je veux toujours être sage, j'aurai des sous et je les donnerai à ceux qui en auront besoin. »

Julie entra dans son école où elle attendit Claire qui ne tarda pas à venir, et qui s'assit près d'elle après l'avoir embrassée.

Le service rendu, le service reçu, fit des petites filles deux amies intimes.

A l'heure du repas, Julie, qui savait que sa camarade était bien pau-

vre, voulut partager sa belle poire
avec elle; mais Claire qui était aussi
une bonne petite fille, ne voulut pas
accepter. Elle pensa que sa mère n'a-
vait que du pain et du beurre pour son
diner.

A quelques jours de là, Julie alla
avec sa mère voir sa marraine, qui
était une dame très-riche.

La marraine demanda, vous n'en
doutez point, si sa petite filleule était
sage.

« Oh! oui, elle est bien sage, dit
sa maman, et la preuve c'est qu'elle
apporte de l'école tous les samedis une
belle image, et que son papa lui
donne un sou chaque fois. Elle en a
déjà rassemblé dix que mon mari lui
a changés, ces jours derniers, contre
une belle petite pièce de dix sous
toute neuve. — Montre-la à ta marraine, ma fille. »

Julie baissa la tête en rougissant, et

ne montra pas la pièce. Vous savez pourquoi ?

La maman voyant l'embarras de sa fille, crut que sa chère Julie s'était laissé tenter par quelques friandises. Elle lui demanda donc ce qu'elle avait fait de ses dix sous.

Julie raconta alors comment elle avait employé sa pièce.

La mère heureuse et rassurée prit sa petite fille sur ses genoux et l'embrassa de tout son cœur.

La marraine aussi la caressa fort tendrement.

Et voyez comme le bien entraîne.

Cette dame riche et bonne prit des informations sur la maman de la petite Claire. Elle alla chez elle et trouva une grande misère à soulager. On lui apprit que cette pauvre femme, veuve et malade, s'épuisait à un travail peu payé.

La marraine de Julie lui procura une profession facile et lucrative.

La bonne action de Julie a porté ses fruits; l'aisance et le travail sont venus dans ce petit ménage de la pauvre veuve, grâce à la générosité de la bonne petite Julie.

FIN

LIMOGES. — Imp. E. ARDANT et Cⁱᵉ

Original en couleur

NF Z 43-120-8